本書出版得到
國家古籍整理出版專項經費資助

图书在版编目(CIP)数据

〔万历〕顺天府志/(明) 沈应文修撰. —北京 :中国书店, 2011.1
(北京旧志汇刊) ISBN 978-7-80663-792-0

Ⅰ.①万… Ⅱ.①沈… Ⅲ.①北京市-地方志-明代 Ⅳ.①K291

中国版本图书馆CIP数据核字(2010)第263318号

北京舊志彙刊
〔萬曆〕順天府志
二函十冊
作者 沈應文 修撰 王熹 校點
出版 中國書店
地址 北京市琉璃廠東街一一五號
郵編 一〇〇〇五〇
發行 中國書店出版社
印刷 江蘇金壇市古籍印刷廠有限公司
版次 二〇一一年七月
書號 ISBN 978-7-80663-792-0
定價 二一〇〇元

北京舊志彙刊

〔萬曆〕順天府志

沈應文 修撰 王熹 校點

中國書店

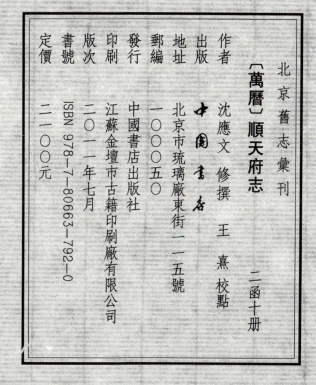

北京舊志彙刊

順天府志

北京舊志彙刊

萬曆順天府志

開啓北京地域文化的寶庫

——《北京舊志彙刊》序

段柄仁

中華文明源遠流長，其燦爛輝煌、廣博深遠，舉世公認。她爲什么能在悠悠五千年的歷史長河中，不僅傳承不衰，不曾中斷，而且生生不息，歷久彌鮮，不斷充實其内涵，創新其品種，提高其質地，增强其凝聚力、吸引力、擴散力？歷朝歷代的地方志編修，不能不説是一個重要因素。我們的祖先，把地方志作爲資政、教化、傳史的載

體，視修志爲主政者的職責和義務，每逢盛世，更爲重視，常常集中人力物力，潛心編修，使之前映後照，延綿不斷，形成了讓世界各民族十分仰慕的獨一無二的文化奇峰勝景和優良傳統。雖然因歷史久遠，朝代更迭，保存困難，較早的志書多已散失，但留存下來的舊志仍有九千多種，十萬多册，約占我國全部歷史文獻的十分之一。規模之大，館藏之豐，其他種類的書籍莫可企及。

作爲具有三千多年建城史，八百多年建都史的北京，修志傳統同樣一以貫之。有文獻記載的

研究挖掘，開啓這座塵封已久的寶庫，使其盡快容光煥發地亮起來、站出來，重見天日，具有不可延誤的緊迫性。不僅對新修志書有直接傳承借鑒作用，對梳理北京的文脉，加深對北京歷史文化的認識，提供基礎資料，而且對建設社會主義先進文化，進一步發揮其資政教化作用，滿足人們文化生活正向高層次、多樣化發展的需求，推動和諧社會建設，都將起其他文化種類難以替代的作用，是在北京歷史上尚屬首次的一項慰藉祖宗、利及當代、造福後人的宏大的文化基礎建設工程，具有重大的現實意義，必將産生深遠的歷史影響。

當前是全面系統地整理發掘舊志，開啓這座寶庫的大好時機。國家興旺，國力增强，社會安定，人民生活正向富裕邁進，不僅可提供財力物力支持，而且爲多品種、高品味的文化産品拓展着廣闊的市場。加之經過二十多年的社會主義新方志的編修，大大提高了全社會對方志事業的認同感和支持度，培育了一大批老中青結合的修志人才。在第一輪編修新方志的過程中，也陸續整理、注釋出版了幾部舊志，積累了一定經驗。這些都爲高質量、高效率地完成這項任務提供了良好的條件，打下了扎實的基礎。

全面系統、高質高效地對北京舊志進行整理和發掘，也是一項十分艱巨的任務。需要强有力的領導和科學嚴密的組織工作。爲此，在市地方志編委會領導下，成立了由相關領導與專家組成的北京舊志整理叢書編委會。采取由政府主導，市地方志辦公室、市新聞出版局和中國書店出版社聯合承辦，充分吸收專家學者參與的方法，同心協力，各展其能。需要有高素質的業務指導。實行全市統一規範、統一標準、統一審定的原則。製定了包括《校點凡例》在内的有關制度要求。成立了在編委會領導下的專家委員會，指導和審查志書的整理、校點和出版。對於參與者來説，不僅提出了應具備較高的業務能力的標準，更要求充分發揚脚踏實地、開拓進取、受得艱苦、耐得寂寞、甘於坐冷板凳的奉獻精神，爲打造精品出版物而奮鬥。爲此，我們厘定了《北京舊志彙刊》編纂整理方案，分期分批將整理的舊志，推向讀者，最終彙集成一整套規模宏大的、適應時代需求、與首都地位相稱的高質量的精神産品——《北京舊志彙刊》，奉獻於社會。

丁亥年夏於北京

《北京舊志彙刊》校點凡例

一、《北京舊志彙刊》全面收録元明清以及民國年間的北京方志文獻，是首次對歷朝各代傳承至今的北京舊志進行系統整理刊行的大型叢書。在對舊志底本精心校勘的基礎上重新排印并加以標點，以繁體字竪排綫裝形式出版。

二、校點所選用的底本，如有多種版本，則選擇初刻本或最具有代表性的版本爲底本；如僅有一種版本，則注意選用本的缺卷、缺頁、缺字或字迹不清等問題，并施以對校、本校、他校與理校，予以補全謄清。

三、底本上明顯的版刻錯誤，一般筆畫小誤、字形混同等錯誤，根據文義可以斷定是非的，如「己」「已」「巳」等混用之類，徑改而不出校記。其他凡刪改、增補文字時，或由於文字异同造成的事實出入，如人名、地名、時間、名物等歧异，則以考據的方法判斷是非，并作相應處理，皆出校記，簡要説明理由與根據。

四、底本中特殊歷史時期的特殊用字，予以保留。明清人傳刻古書或引用古書避當朝名諱的，如「桓玄」作「桓元」之類，據古書予以改回。避諱缺筆字，則補成完整字。所改及補成完整字者，於首見之處出校注説明。

五、校勘整理稿所出校記，皆以紅色套印於本頁栏框之上，刊印位置與正文校注之行原則上相對應。遇有校注在尾行者，校記文字亦與尾行相對應。

六、底本中的异體字，包括部分簡化字，依照《第一批异體字整理表》改爲通行的繁體字。《第一批异體字整理表》未規範的异體字，參照《辭源》、《漢語大字典》改爲通行的繁體字。人名、地名等有异體字者，原則上不作改動。通假字，一般保留原貌。

七、標點符號的使用依據《標點符號用法》，但在具體標點工作中，主要使用的標點符號有：句號、問號、嘆號、逗號、頓號、分號、冒號、引號、括號、間隔號、書名號等十一種常規性符號，不使用破折號、着重號、省略號、連接號與專名號。

八、校點整理本對原文適當分段，記事文以

時間或事件的順序爲據，論説文以論證層次爲據，韵文以韵脚爲據。

九、每書前均有《校點説明》，内容包括作者簡況、對本書的評價、版本情況、校點中普遍存在的問題，以及其他需要向讀者説明的問題。

順天府志目録

[注一]原目録無「説」字，據正文補。

[注二]原目録無「説」字，據正文補。

[注三]原目録無「京兆圖記」，據正文補。

第六卷　藝文志

碑刻　題咏

校點説明

〔萬曆〕《順天府志》六卷，由謝杰、沈應文、譚希思等修，張元芳彙纂，是明代最完善的一部官修北京志書，也是北京歷史上第一部保存完整的《順天府志》。

〔萬曆〕《順天府志》的創修者謝杰，字漢甫，福建長樂人。萬曆二年進士，萬曆二十年任順天府尹。遷任行南贛巡撫、右副都御史。官至户部尚書、總督倉場。著有《使琉球録》等。刊刻者沈應文，字徵甫，浙江餘姚人，進士。萬曆二十一年任順天府尹，後升南京大理寺卿。譚希思，字子誠，湖廣茶陵人，進士。萬曆二十一年任順天府府丞。升任四川巡撫、右僉都御史。彙編者張元芳，福建閩縣人，監生。萬曆十九年九月任大興縣縣丞。該志是萬曆二十年府尹謝杰上任後，鑒於當時「寰宇以内，雖支郡下邑，率有志以紀事，而通都會城則彬彬乎備已。顧京兆獨缺，識者病焉」的情況下創編的。他奉命巡撫南贛時，還没有編好，就將《職掌》一帙留給府丞譚希思「冀圖爲考」，善終其事。譚氏不負衆望，「乃檄諸屬州邑，得其已有志者如干備參覽」，積累了很多相關資料，還是感覺有「若存若亡，若有若滅，匪有必然足據之實」的不足，於是旁徵博引，詳加考證，去僞存真，將有價值的資料匯爲地理、營建、食貨、政事、人物、藝文六綱三十六目，責令大興縣丞張元芳彙編成書。第二年，沈應文繼任府尹，即由沈、譚兩人「相與重加校正，鋟諸梓」而傳世。這是一部凝聚集體智慧的志書，當時有許多文化人參與并協助編纂工作，故刻本的卷首均刻有「順天府府尹沈應文、府丞譚希思訂正，治中楊應尾、通判吴有豸、通判譚好善、陳三畏、推官凌雲鵬、知縣崔謙光同閲，教授李茂春、訓導陸楨、管大武、高好問分閲，大興縣縣丞張元芳同彙編」的文字，志首刊有謝杰、沈應文和譚希思序文各一篇，闡述編纂目的及其始末。

〔萬曆〕《順天府志》是目前所見最早最完整的一部《順天府志》，但刊刻後因内容簡略以及體例不完備而遭到批評。《四庫全書總目提要》載：該志内容「頗爲簡略」，且「所立《金門圖》、《京兆圖》諸名，粉飾求新」，「明季緯佻之習」顯著。〔光緒〕《順天府志·藝文志》評論説：「書止六卷，甚爲簡略。」光緒年間編纂《順天府志》時，其主持纂修者在序文中，更是對其褒獎不足而批評有加，李鴻章的評價是：「前代志順天者，僅謝杰、沈應文之書，草創荒略。」周家楣的評論是：「明萬曆有志，簡率未備。」沈秉成的結論是：「萬曆間謝杰、沈應文志六卷，非略即舛，殊難考徵。」他們這麼説，無非要强調自己所編修的府志是如何重要及其迫切，但對上述評論稍加思考，并仔細審讀志文内容，就不難發

現，兩個朝代的府志，各有千秋，不能互相替代。〔萬曆〕《順天府志》儘管存在這樣或那樣的一些問題，但它的文獻價值是不容低估的。首先，該志的創編，填補了順天歷史上没有完整府志的空白。其次，各個門類所載内容，有的篇幅較大、很詳細且重點突出，如卷三《食貨志》中關於「户口」、「田賦」、「徭役」、「馬政」和「經費」等記載頗爲系統，其篇幅約占全志的六分之一；再如每卷首小序切中要害和時弊，很有參考價值，如風俗小序，就對明朝後期首善北京的風俗狀况作

了客觀反映，其中記載：「然而風會之趨也，人情之返也，始未嘗不樸茂，而後漸以漓其變，猶江河其流殆益甚焉。大都薄骨肉而重交游，厭老成而尚輕鋭，以晏游爲佳致，以飲博爲本業。家無擔石而飲食、服御擬於巨室，囊若垂罄而典妻鬻子以佞佛進香。甚則遺骸未收，即樹旛疊鼓，崇朝雲集。噫，何心哉！德化凌遲，民風不競，以彼所爲，當令人立朝垂涕，詎可令賈太傅一朝見也？」第三，保存了極爲珍貴的文獻資料，改變了「前此載籍希闊，累朝故實幾已無傳」的狀況，爲研究明代順天府綜合情況提供了科學依據。因此，後人孫承澤撰《春明夢餘録》、《天府廣記》，朱彝尊撰《日下舊聞》，乾隆間敕修以及清代所修康熙、光緒《順天府志》等著述中，均輯録和引用該志資料，説明該志對研究北京的歷史、地理、經濟、文化以及社會變遷等有重要的史料價值。第四，該志纂修體例是目前所能見到的關於《順天府志》的最完整的結構，是探討明代府志發展演變的重要文獻，在北京方志發展史上具有重要的地位。

萬曆二十一年《順天府志》的刻本，在國家

圖書館和北京大學圖書館有藏，又有民國年間北平崇文齋傳抄明萬曆二十一年刻本十册，還有一九五九年中國書店據明萬曆二十一年初刻、崇禎年間增刻本影印的六册（内有缺頁）。關於該志版本，均以譚希思序文所署「萬曆癸巳冬十月吉」爲根據，而斷定爲萬曆二十一年刻本，但仔細核對志書中的内容，還發現現存刻本和影印本均有增刻的内容，如卷四《政事志・歷官》載最後一位府尹：「李玄，陝西同州人，由進士，崇禎九年三月任。」記最後一位府丞：「余珹，河南商丘人，由進士，崇禎九年九月任。」記最後一位經歷：「喬堯典，山西襄陵縣人，南直山陽籍。由選貢，崇禎九年九月任。」記最後一位照磨：「王承曾，河南夏邑人，由進士，崇禎九年十二月任。」據此可以認爲，該志增補的下限時間爲崇禎九年十二月。這些增補資料按原版次順序，按目插入，雖然字體不同，刻工粗糙，但容易辨識。因此，可以斷定現存萬曆《順天府志》實爲萬曆二十一年原刻、崇禎十年增補的刻本。

本次校點整理本，即以中國書店本爲底本，參考其他版本，做了分段標點和校勘工作，對原文中殘缺和漫漶不清之處，參校有關史志文獻，進行校補，實在無法解决的，就以□代替，以待來者。

該志的校點整理由王熹獨立完成，并經業師中國社會科學院近代史研究所通史研究室張德信研究員審訂。在校點整理過程中，得到北京市地方志辦公室副主任譚烈飛、劉宗永先生的熱情支持和幫助。中國書店出版社總編輯馬建農先生和責任編輯劉文娟女士審讀稿件并提出具體的修改完善意見，使之更加完臻。在校對和修改過程中，還承蒙澳門理工學院院長李向玉教授的鼓勵支持，成人教育和特别計劃中心主任謝建猷教授、代主任林發欽副教授、副主任鄭雲杰副教授提供良好的工作條件，并在精神上給予鼓勵和支持，使我能够專心於此項工作，在此一并表示衷心的感謝。

王熹

二〇〇九年八月三十一日

於澳門馬交石炮臺馬路電力公司大厦七層辦公室

順天府志序

頃近寰宇以内，雖支郡下邑，率有志以紀事，而通都會城則彬彬乎備已。顧京兆獨闕，識者病焉。嘉靖末，有倡之者，以考宮府故實，不能得，旋復中格。余尹京兆時聞之，則亟嘆曰：是固宜格。

夫志各有體，彼以志京師者志京兆，非其量矣。且宮府故實亡論，嚴閟如温室樹者，匪所宜譚，即上林禽獸，簿□長安盜賊，數非其嗇夫與□主者，誰能晰之？明明天子，儻有意志京師乎？必割少府金，捐水衡錢，出大官，供具饍，承明金馬諸文學，收天下圖書，發石渠、虎觀之藏，授之筆札，須之歲月，甫克有濟，豈尹力所可辦者？尹歲時下令，令二十七屬，課其殿最。三督之，猶然有至有不至，詎謂舉數十百年沿革、利病，問之貴游諸大吏，希其一一置對耶？必不能矣。惟是舉吾所轄者，若山川、井邑、户口、土田、人物、食貨、建置、興除，暨於城郭溝塗，郵傳甲兵，民風吏治，咸筆之書，臚列盱分，以備考鏡，則其所可爲者也。方余在事，業已有志於是。會民數、軍黄及繇编更革諸賦稅，凡三年、五年、十年、數十百年而一見者，適交集於是歲。余并以身了之，矻矻窮晝夜，力不能休，而章貢之役至矣。

〔注一〕之闕文備首善之□以詔來者，厥功懋矣哉！

先□沈令記宛平，余爲之敘。茲復敘京兆，備矣。然皆所云因人成事者，夫何言？獨念京兆與沈令并楚人，又并以著作顯，豈左史左徒之後，固代有聞耶？人亦有言，惟楚有材，晋實用之。京兆氣節文章，軼群無兩，方爲明用，何論晋矣，茲直其一斑云爾。軍書爰書之暇，聊綴數語，歸之志愧且感。若其所以傳則京兆有叙，大京兆至行且有述矣，余何言哉？

賜同進士出身嘉議大夫都察院右副都御史巡撫南贛汀韶郴桂等處地方提督軍務

前順天府府尹長樂謝杰漢甫書

〔注一〕底本此處缺頁，有脱文

順天府志序

今宇内郡縣皆有志。志果以地重哉？抑以人重哉！如以地則江山亡恙，而漢唐之事已遠。如以人則濂洛人游，而草木猶自芬香。余嘗過滁陽，觴醉翁亭，陟瑯琊巔，取滁志讀之。評者謂古今一大畫，豈非以韋、蘇、歐、滿一時人杰，并在游咏哉？然猶以詩文雄耳。假令明先聖之道，開太平之業，秉化筆以鈎鑄人群，造化今古，斯地以人重，與鄒魯濂洛闕闔埒，又合天地聖賢爲一大畫，非志之大觀哉！

順天府，召公肇迹之地，古所稱慷慨節俠區也。我成祖文皇帝，定鼎於兹，府稱首善。凡巨之郊廟、庠序、貢舉、饟餉、軍府之制，細之禮器、樂舞、藥工、場師、稗官小説之事，靡不由畿輔而□簿海。每月之朔，大京兆率□□邑長奉上宣諭，群父老什伯，環跽拱聽。蓋所謂四方之極，而又當國家累葉熙明之會。其别蠹厘奸，法尤倍詳。至於今且紀載闕如，即欲尋祖宗舊典，及今上聖謨，以禀度於約束，安取衷乎？余承匱署府事，會京尹謝漢甫以巡撫南贛行，出《職掌》乙帙，冀圖爲考。適余有他校，循循有待。居間乃檄諸屬州邑，得其已有志者如干備參覽，然猶若存若亡，若有若滅，匪有必然足據之實，唯是我列聖寶訓、敕及官司、念及民碞者。時見大、宛二邑碑記，或諸州邑志中，因遂旁及。其全若地理、營建、食貨、政事、人物、藝文，彙爲六綱，而析之爲三十七目，檄才識宣朗如張子元芳輩編次之，閱月成。會寅長沈徵甫氏至，相與重加校正，鋟諸梓。余唯志辟則奕然。大块廣輿，奕之局也；其分合取舍得失成敗，奕之變也。乃隱括鳩搜，彪分胪列，非奕之譜乎？又辟則醫然。温補調攝，湯液蕩滌，醫之方也；察於血氣營衛之間，審於虛實羸乏之辨，醫之用也。乃劑量時出，通神明而極工巧，拯顛危而瘳瞑眩，非醫之神乎？然則志之所紀載者，陳迹也。譜也，方也，隱然於志言形色之外者，神理也，奕之變化，而醫之妙用也。事往迹遺，感慨係之。阤丘故墟，過者躊躇。君子覽形勢扼塞，則思握險控御、巡鑿壼橐之政；感金穀財貨，則思制節盈縮、愛養損益之宜。睹簪組蟬聯，節烈相矜，琬琰相望，則思泰山仰止，與夫經略制置之軌，訏謨達猷之樹，未病而調算無遺策。如是，而寒岩不生春，涸轍不迴波，吾不信也。雖然，有本焉。吾儒之學，主於經世而肇於出世。談恬冒者必歸本於無然畔援，無然歆羨；論綏和者，必推原於秋陽以暴，江漢以濯。然則吾儕所以經濟世道者非先之以無欲可乎？必也，掀天揭地樹其志，民胞物與擴其量，繭絲牛毛研其思，酌古準今定其識，庶可以游孔文之天，追召公之遺，而躋斯世於仁壽之域。不則，即摻岐黄之術，擅奕秋之長，奚裨哉？斯意也，志之所不能載，余所謂合天地聖賢爲一大晝者也。願與服官者共勖焉。

萬曆癸巳冬十月吉順天府府丞

譚希思子誠甫頓首拜書

順天府志序

府之有志，其昉於國史之遺乎？是故考時者證變，度地者閱勝，觀風者驗治，論世者定宗。子長、孟堅而下，其志天官、地理、食貨、政事、循酷吏甚辨，蓋其慎哉！

順天，古幽燕山戎之域。自召康公受賑，遞漢、魏、隋、唐而後，代凡幾變，未有塹山堙谷，執大象以剬四方者。維我文皇帝，龍翔北里，遂奠鼎焉。神聖代纘，繇今溯草昧，於士習民風，亦凡幾變，無問疇曩。已懸招俾射，植準待趨，實維其人。今主上瑩精太平，所爲振刷，有位暨輿臺萌隸者，哼哼天語丁寧。而又詔博士家，毋不軌於正。及閭右服舍逾制，有大府之憲在於維休矣，臣子顧泄泄然罔所敬，應謂職何解在畢之命矣。世升降而政由俗，詎以區區簿書期會、錢穀、獄訟爲之盡職哉？事固必準於志也，前此載籍希闊，累朝故實，幾已無傳。即我列聖，嘘植政教訓謨，亦未免於挂漏。識者閔之。同寅謝漢甫、譚子誠氏，爰命所在官師，搜輯其遺，覼縷成帙。將報竣，會余奉簡命趨至，子誠氏謂余不容無言。

余惟天地之大觀，日月風霆，山河嶽瀆，萬古猶旦暮而俯仰今昔，則人心不往古也，道隆則隆，道污則污。政事張弛，感慨係之矣。順天本以首善風厲宇内，乃宇内豪俠及無賴子，萃止輦轂，摻弄短長，中人睚眦，則禁戢之難。戚畹勛庸藉有土，公侯之貴侈襦袴，而蕩逾禮義，則教誡之難。冠鵕鸃挾金丸而走市者，什伯爲群。甚乃煬拔楊，耦二五以恣睢宫掖，則□□黨之難。諸下邑，若霸城、□□間，其人喜鬥，多萑苻警，漁陽無終，則邊胡逴遠矣。戎馬介逼郊關，前皇帝時每有殷

鑒，則寧内而攘其外之難。總之，慷慨悲歌，士沿桀驁之習；懻忮沉勇，人挾浮邪之風。剔蠹還淳，偕之大道，是在有司責耳。漢志京兆吏甚夥，獨趙公廣漢、韓公延壽、張公敞二三輩最□□秋。然止於刺奸鋤暴，方諸雅化，非其質矣。夫天子建長吏以綏氓萌，豈務勝之邪？宣尼宰中都及期化馳四方民，則彼其政曾易民而治哉！前後莅兹土者，夫非誦法孔氏而瑕瑜不掩，幸此志之尚可索，吾人宜何去從也？嗟夫！兩京三都，其稱恩澤盛矣，於規諷之語或闕；子虚游獵，其

誦游樂侈矣，於勸戒之義未明。兹國家典憲，昭如星日，毋寧使人謂治不過漢，而漢吏且遜謝不敏乎？則我有官君子，可藉手與榮施，若曰懟以炫目而已，則五都之湊珠璣珍貝，可勝計乎？其以典憲爲旒也，匪今日之所以志矣。

賜進士第嘉議大夫順天府府尹

古越沈應文書

〔萬曆〕顺天府志

卷之一

順天府志卷之一

順天府府尹沈應文、府丞譚希思訂正
治中楊應尾、通判吴有豸、通判譚好善、
陳三畏、推官凌雲鵬、知縣崔謙光同閲
教授李茂春、訓導陸楨、管大武、高好問分閲
大興縣丞張元芳彙編

地理志

夫志記也，國以史而郡以志，記載之義也。矧王畿重地，輦轂大觀，金門有圖，尊君位也。畿輔有圖，重王國也。仰觀於天，則分野所以考灾祥；俯察於地，則疆域所以明分守。形勢具而奇勝畢昭，沿革知而廢興具在。風俗起於民間，古迹沿於上世，以至山林藪澤，誕□毓奇，其亦王氣□化，鍾而皇圖之肇瑞也歟！故志地理。

金門圖説

古帝王創業垂統，以貽後世。作法於儉，猶慮其奢。彼望夷迷樓，昆明艮嶽，何以稱焉。文皇帝置赤符於燕，地非不闢，力非不贍，而明堂寢殿，離宮别館，周十餘里而已。列聖相承，式遵祖

訓，不營一棟，不廣尺地，其真億萬年民物之休也歟！

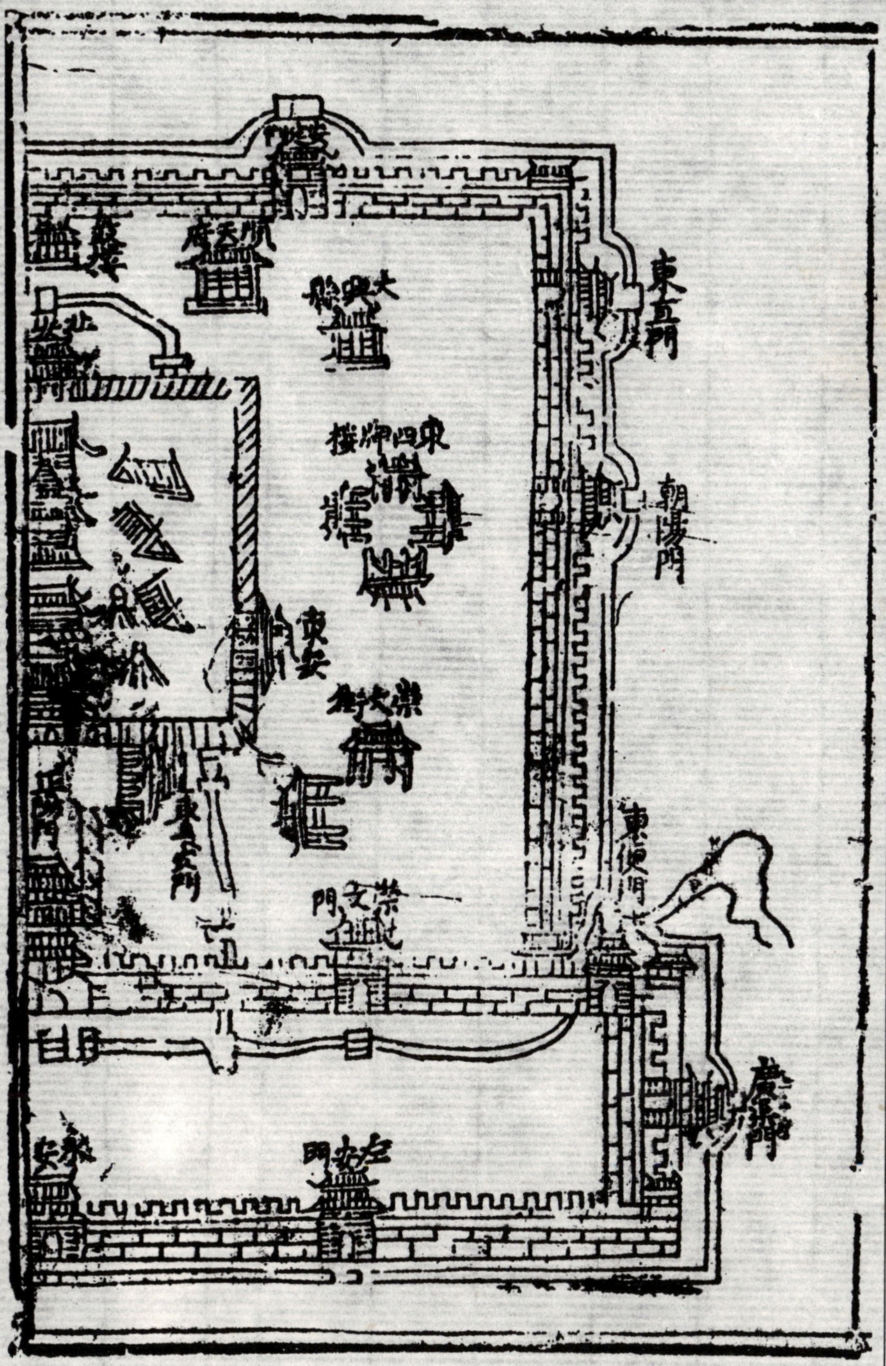

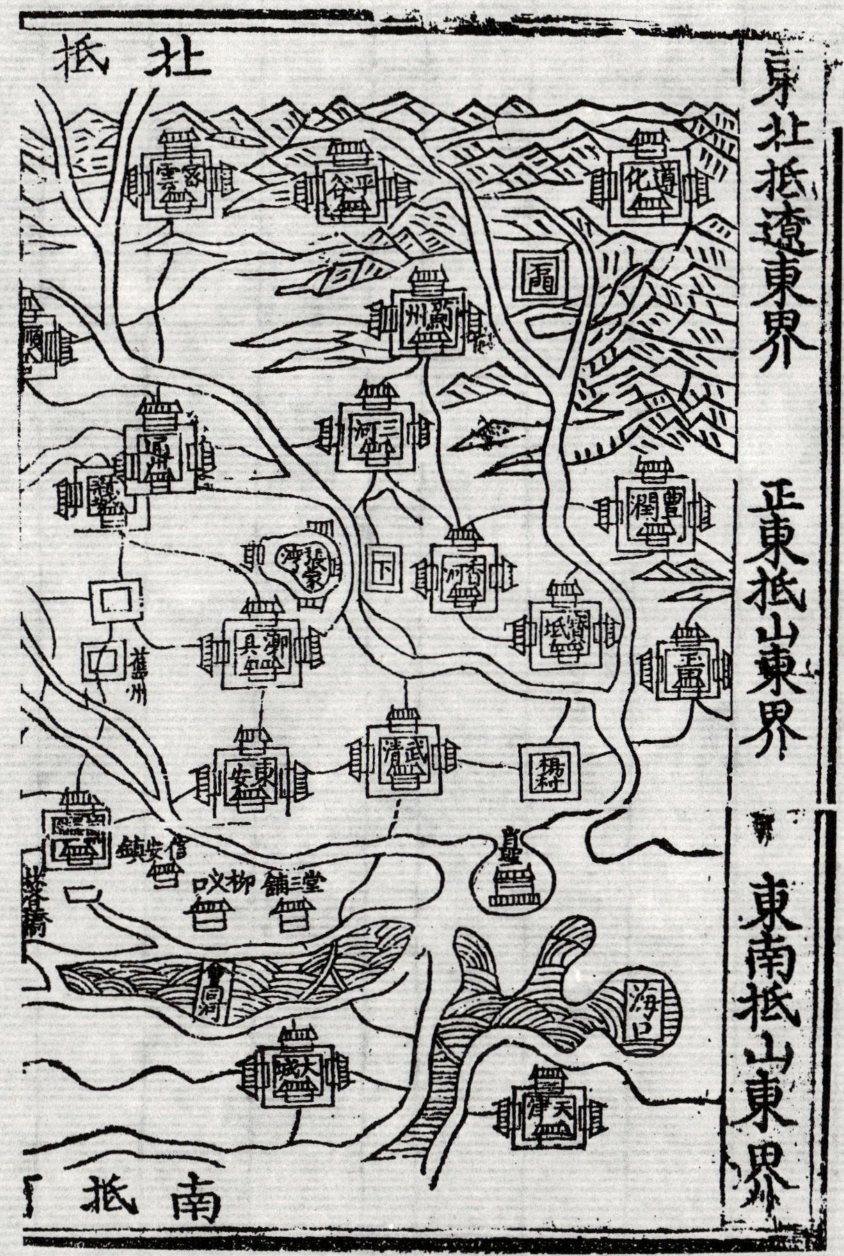
北抵
東北抵遼東界
正東抵山東界
東南抵山東界
南抵
海口

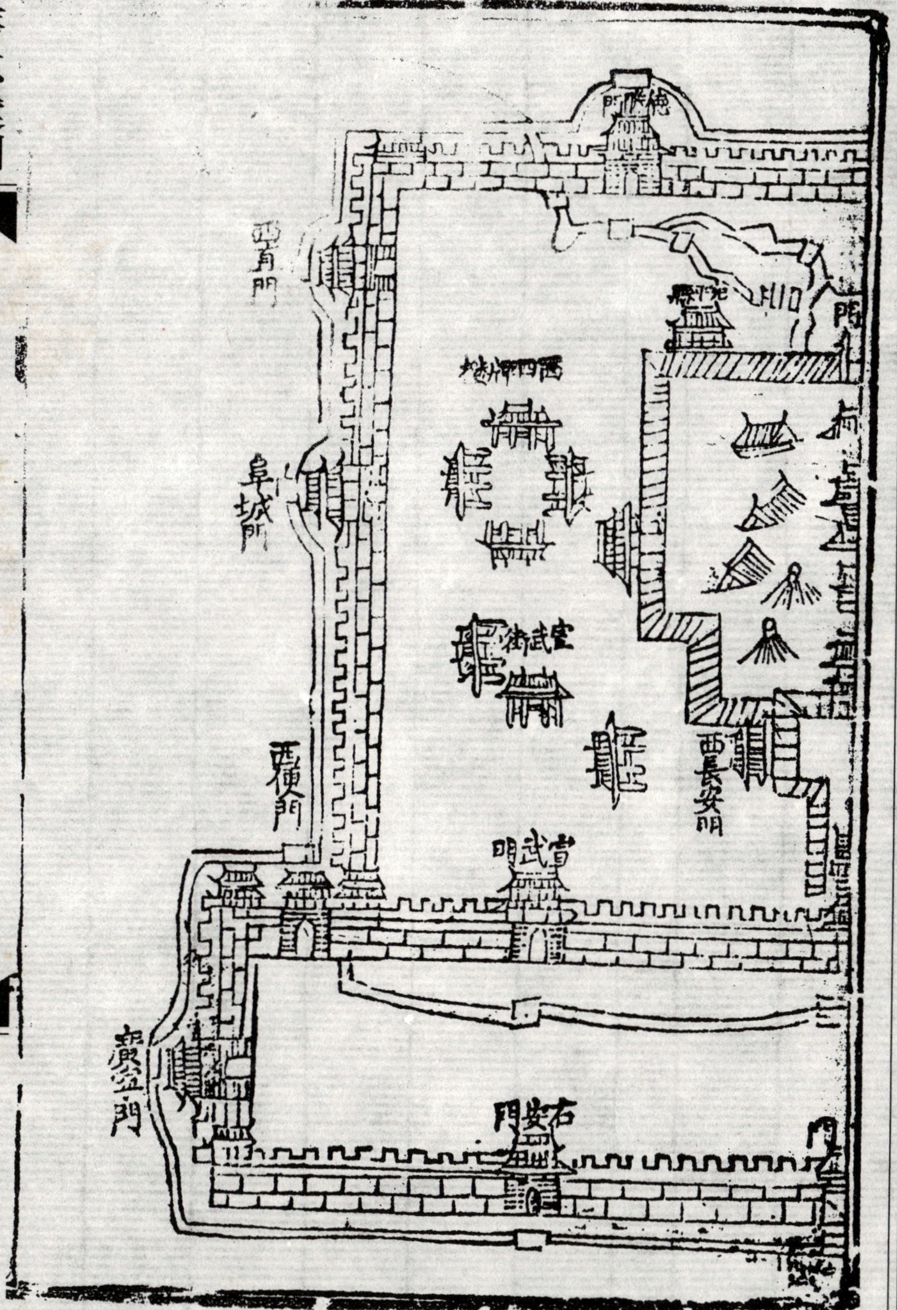
德勝門
西直門
阜城門
西便門
西長安門
宣武門
右安門
廣寧門

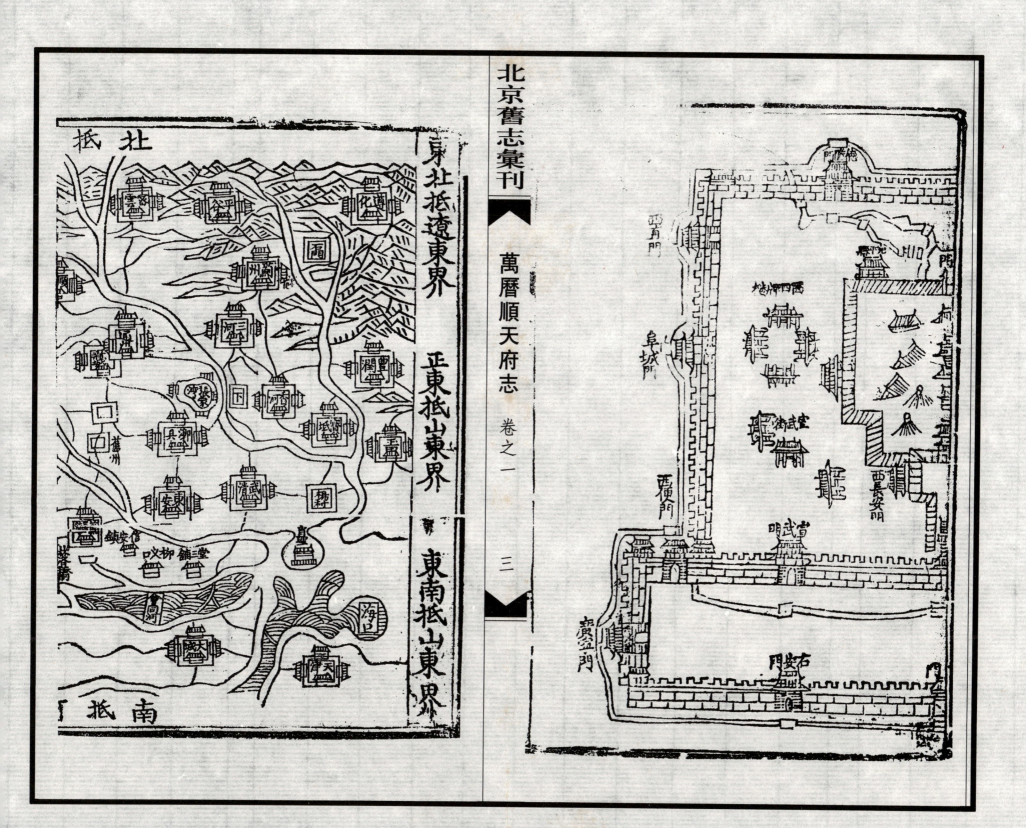

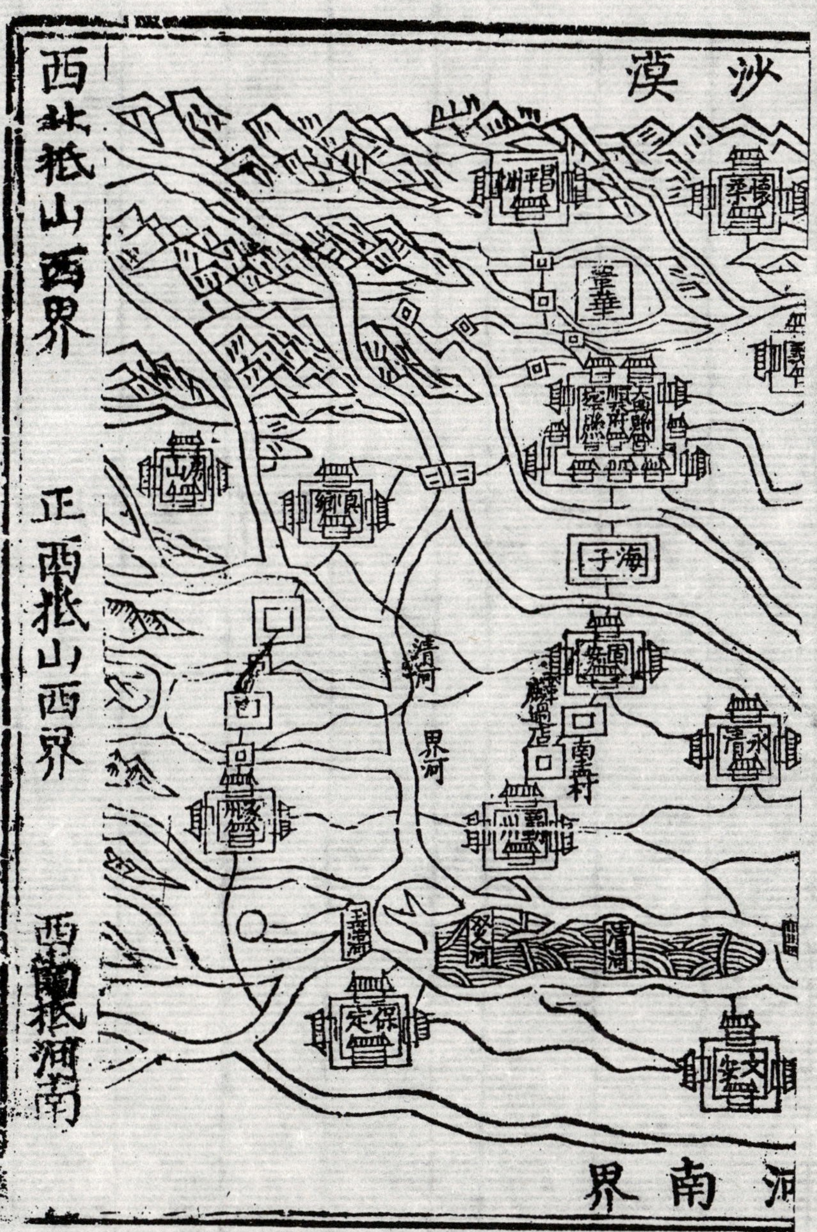

畿輔圖說

昔者，夏后氏置五服而天下治。湯之王也，分九畿以重王國，四方承闕，畿輔郊圻，王人所爲，施政本也。辨方置位，量地視坊，使知要害，里道均焉耳。按圖致考，庶知化行，自近始也。

京兆圖記〔注一〕

順天，古京兆，故無乘，并圖闕焉。繇蕭相國入關收圖籍之義推之，其爲典之闕也甚矣！比余在事，合《一統志》、《九邊圖》暨王大司馬家所藏《水利圖》參訂之，圖乃成。中爲都城，

〔注一〕「京兆圖記」，原稿有圖說之文，但無原圖。

南爲固安、霸州，北爲昌平，東爲通州、三河、香河、玉田，西爲良鄉、房山，東北爲薊州，東南爲武清，西南爲涿州。固安之東爲東安、永清，霸州之南爲保定、文安、大城，昌平之東爲懷柔、密雲，通州之北爲順義，南爲漷縣，東南爲寶坻，薊州之北爲平谷，東爲豐潤，東北爲遵化。東抵灤州界三百九十里，西抵蔚州界三百里，南抵任丘界三百五十里，北抵延慶州界一百六十里，東西相距六百九十里，南北相距五百一十里。

其川之大者，爲大通河、盧溝河、胡良河、桑乾河，皆發源於西北；爲琉璃河、巨馬河、白溝河，皆發源於西；爲沙河、唐河、滹沱河，皆發源於西南；北爲白河、潮河；東爲流河、灤河；東北爲草橋河；南爲會同河、渾河、清河、渾清、交河；中爲榆河。雖爲脉不同，同東南流以入海。寶坻之南，天津之北，三角淀、大三角淀，即其處也。交於盧溝、胡良間者，爲新站河、長站河、夾河；交於桑乾、巨馬間者，爲白澗河；交於沙河、滹沱間者，爲雄河、磁河，稍東有界河、雙叉河，稍南有玉帶河、半截河、新挑河，草橋之交爲運河，而小泉、甘泉、湯泉、聖水諸流，則其細者也。

山之大者曰天壽，曰紅羅，曰玉帶，曰瑞屏，曰園亭，曰明月，曰崆峒，皆迤北之名山也。曰雁老，曰五華，曰穀積，曰大房，曰石經，曰龍安，曰獨鹿，皆迤西之名山也。鼎峙其間者，曰金山、銀山、龍山、蟒山、螺山、牛山、孤山、盤山、靈山、孔山、瓮山、西山、香山、燕山、碣山，其次則徐無、幽都、鴉鷂、葡萄、白核、兔兒、玉泉、棋盤、平坡、馬鞍、鼠谷，而大湯、小湯、呼奴、莫金，亦其細者也。

山多自西而之北，水多自西而之南，此其大

都也者。

隸於山水之間而增勝者，則店有麟過、先鋒，嶺有摘星、分水，谷有黍谷，峪有桃花，泉有一畝神山，其著者也。餘則有不可勝書者。

嗟乎！西北崇岡，鄰於居庸，則邊之防也。東南巨浸，邇於天津，則海之路也。中土微流，亘於畿甸，則漕之途也。漕修於水衡，邊修於幕府，亦云備矣。唯海獨闕。

頃者，日東不靖，朝鮮破亡，海之視漕與邊要焉。草頭、水道二沽，非其入寇之路乎？顧議者，備鴨緑而忘天津，備天津而忘二沽，皆非策之得者。有如春和乘颷，空國入犯，以倭奴之悍，關白之黠，恐非二百餘間之營房、六十餘艘之單舸，其兵力足制之死命也。愚謂當於天津左右別築一城，以宿重兵，用元戎統之。於二沽左右別建一堡，以分奇兵，用副帥統之。提督退屯平壤，以護遼陽。經略往來山海，以資彈壓。庶幾備禦之一策者。不然，捨其田而蕓人之田，余恐朝鮮未必復王京，未必平蕭墻，隱憂方滋大矣。余雖無腆，備員守土之臣，故因繪圖而著其說如此。亦古職方之遺意也。

分野

昔人謂陰陽之精，其本在地。而上發於天，乃爲列星。在野象物，在朝象官，在人象神。《周禮·保章氏》：以星土辨九州之地，所封之域，天則有列宿，地則有界限。國殊窟穴，家占物怪，以合時應，闡禨祥。高辛之前，重黎尚矣。於唐虞羲和，夏昆吾，殷商巫咸，周萇弘，史佚其下，靡得而鏡云。乃春秋元命苞謂尾、箕，散爲幽州，分爲燕國。《爾雅》云：幽州爲析木之次。《晋書》曰：析木假訾兮，幽并箕、尾。幽，燕也。自尾九度至南斗十一度，爲析木之處，於辰在寅。又曰：廣陽入箕九度，唐志謂箕、尾，析木津也。初尾七度，中箕五度，終南斗八度，應北斗漁陽等郡。《天文志》曰：析木津之次，中台之下，下台之上。又曰：冀主北斗樞星。又曰：辰星主燕、趙、代。《森羅記》云：尾九星九度少强，三度入寅，於辰在寅，爲人馬宮。此載籍極博，不能考信。然其占曰：尾爲九子。

夫尾九星，箕四星，近心一星，爲后妃，次三星爲三嬪，末二星爲妾媵，屬后宮場，故得兼子。子必九，取尾有九星也。九星均明，小大相承，則后宮叙而多子。箕爲敖客，曰口舌，蓋箕以歛楊調弄，有舌象。又受物，有去來客之義也。《詩》云：「維南有箕，載翕其舌。」又曰：「哆兮侈兮，成是南箕。」謂爲敖客，行請謁也。其占明朗，則無讒間，淩雜米鹽，所從來矣。嘻，載觀史册，其效可數而知也。福德在於吴，則弱晋存；玄枵淫於歲，則宋、鄭餓。四星聚東井，而晋元王吴；

景星見箕尾，而慕容復燕。孰謂象緯可盡去哉！今以尾、箕臨全燕，則屬邑既無專宿，以玄象玩占測，則垂應統在帝庭。受釐降禧，其在今日乎？雖然，人見其朕，天示其則，返躬格天，存乎其德，故熒惑守心。宋景所以啓祥，實沉爲祟，晋侯所以得咎，是以孔子論《六經》，紀异而説不書，至天道命不傳。子産曰：天道遠，人道邇，其大較可睹矣。

沿革

夫封圻不殊，名號代變，君子於此，觀廢興，稽本始焉。燕，蓋古冀州域。顓頊高陽氏創九州，其所都畿内曰帝丘，北至於幽陵。唐爲幽郡。有虞氏制天下爲十二州，析冀州爲二，分衛水以南爲并州，燕以北爲幽州。夏、商復爲冀州。武王克商，封召公於燕，復析爲幽、并。春秋、戰國，俱爲燕地。秦始皇帝兼并海内，分天下爲三十六郡，以燕爲漁陽、上谷，發遼左戍漁陽者是也。楚漢之際，項羽封臧荼爲燕王。高帝五年，滅臧荼，復立盧綰爲燕王，又分置涿郡。元狩中，改燕國爲幽州。元鳳初，改爲廣陽郡。本始初，更爲廣陽國。東漢省廣陽，合上谷。永光初，復立廣陽郡，後罷郡立幽州，治薊。三國時，魏爲燕國，晋改范陽國，後魏於薊立燕郡，又於郡置幽州。東晋成帝七年，封慕容皝於燕。帝奕大平五年，〔注一〕秦苻堅執慕容暐以歸。北齊於幽州置東北道行臺，後周改置燕及范陽二郡，兼立總官於幽州。至秦孝武太元元年，慕容垂復稱帝於燕。隋開皇九年，滅燕，郡廢州存，後省入涿郡。唐武德元年，滅隋，復置幽州總官府。開元間，改州爲范陽郡。乾元初，復爲幽州。後晋天福元年，割幽

薊十六郡以報契丹援立之功，契丹升幽州爲南京幽都府，後改幽都爲析津府，號燕京。宋宣和中，改析津府爲燕山府，尋復入金，稱燕京，又易燕京之名曰永安，以析津府爲大興府。至元初，建中都，屬大都路，又立順天路。國朝洪武初，設北平布政使司，改大興府爲北平府。永樂中，以北平爲行在所，升爲順天，領五州二十二縣。蓋溯觀往昔，令人愴然悲也。夫輿地非古今殊也，其間真僞强弱，輒興輒廢，吹臺歌館，旋爲戰場，寒草荒原，倏爲宫闕。瞬息之變，可勝道哉！然自石

〔注一〕「大平五年」應爲「太和五年」。

敬塘割地以遺遼，文明之墟，染於腥穢。淪没之嘆，五百年矣。至我太祖高皇帝、成祖文皇帝，廓净寰海，定鼎燕山，迅掃夷風，涵濡聖澤，使宵壤爲之重闢，川岳爲之吐靈，德邁前王，而功冠百代。即所云流唐漂虞，滌殷蕩周，奚□□至諸州邑，或附割不常，隸屬异嚮。然皆幽薊版圖，倏因倏革，不足書也。

疆域

夫王畿，四國之樞也。三輔四塞，即扶風、馮翊，屏衛王室。《詩》云：「考卜維王，宅是鎬京。」言皇都所當相土也。今夫燕，環滄海以爲池，擁太行以爲險，枕居庸而居中以制外，襟河濟而舉重以馭輕。東西貢道，來萬國之朝宗；西北諸關，壯九邊之雉堞。萬年疆禦，百世治安，其祖宗之烈耶！

大興縣，編户三十六里，在京。

宛平縣，編户七十五里，在京。

順義縣，編户二十七里，至府六十里。

昌平縣，編户二十七里，至府九十里。

良鄉縣，編户二十五里，至府六十里。

密雲縣，編户一十九里，至府一百二十里。
懷柔縣，編户一十四里，至府一百里。
固安縣，編户三十八里，至府一百二十里。
永清縣，編户二十一里，至府一百五十里。
東安縣，編户四十四里，至府一百五十里。
香河縣，編户一十里，至府一百二十里。
通州，編户三十二里，至府四十五里。
三河縣，編户三十五里，至府一百二十里。
武清縣，編户二十八里，至府一百二十里。
漷縣，編户一十五里，至府八十里。

寶坻縣，編户三十二里，至府一百八十里。
涿州，編户四十六里，至府一百四十里。
房山縣，編户一十六里，至府一百里。
霸州，編户三十一里，至府一百二十里。
文安縣，編户三十四里，至府二百四十里。
大城縣，編户二十三里，至府三百六十里。
保定縣，編户六里，至府二百二十里。
薊州，編户二十六里，至府二百里。
玉田縣，編户二十二里，至府二百六十里。
豐潤縣，編户二十二里，至府三百五十里。

遵化縣，編户二十里，至府三百八十里。

平谷縣，編户一十三里，至府一百八十里。

形勝

淮南氏謂地有九藪，則燕之昭余一焉。藪者，聚也，王者以聚民畜國。夫燕，天下之上游也。甸服西北，控御東南，若建瓴焉。〔注一〕泰嶽峙其南，華山環其右。前則三案重□，鸞鳳峙而蛟龍走；後則九河歸宿，浴日月而□乾坤，誠四塞之國也。然議者以爲漢之邊在北，咸陽去朔方千餘里，唐之邊在西，〔注二〕去吐蕃亦千餘里。今

京師北抵居庸，東抵古北口，西南抵紫荆關，近者百里，遠不過三百里。居庸則吾之背也，紫荆則吾之喉也，卒有急則搤我之喉而拊吾之背。噫，是不然，闢之一身焉。幽、燕，天下之元首也。牽左則左肘動，掣右則右掖奮。無事則坐享長河之利，以爲轉輸；有事則席捲燕、趙之兵，以爲犄角。所謂天下之勢莫重於燕，其以此耶！

蓋嘗南浮江淮，道金陵之墟，鍾山龍蟠，石城虎踞，真帝王之居也。然而席全吴之富，控長江以爲險，視之關中、洛陽則有餘，至於四面受敵，

〔注一〕「瓴」，原本爲「瓶」，于敏中等《日下舊聞考》卷五《形勝》引順天府舊志記載：「若建瓴然。」據改。

〔注二〕「之」原本脱，《日下舊聞考》卷五《形勝》引順天府舊志載：「唐之邊在西。」據補。

非用武之地，視之燕京，則不足□。我二祖輒興兩都鼎峙，堪輿氏所謂雙龍逶迤，百川歸匯。《周禮》曰：「唯王建國，辨方正位，以爲民極。」其在斯歟？其在斯歟？

風俗

夫世道隆替，固民行使之然也。然而剛柔异嚮，好憎殊軌，豈不以漸靡哉？燕自上古唐、虞、夏后，蓋更迭而王焉。其爲神明之所過化，載在方册，詳哉乎其言之矣。周之代殷，召公封於燕，流風餘韻，尚可想見。降至戰國，先王之澤斬矣。

而太子丹輕於謀國，愛養游士，舉動慓悍，悲歌出涕，殆爲風氣之所移奪，糜潰横流而不可救止。漢興，諸侯王封建數四，皆相繼誅滅。典午之亂，中更慕容垂拓跋氏之擾，驅以利刃，沃以人血，人理幾絶，馴至西晋，遂陷戎狄，衣冠化爲旃裘，弁髦轉爲□帶。民□蟄没，文獻無徵，幾五百年。而我明削平海内，痛加湔祓。逮至成祖文皇帝定九鼎於燕，而聖澤熙洽，神化潛孚。若青陽解陰，煦育發而勾萌泰也。蓋試論之，燕之山石塊壘，危峰雄特，水洌土厚，風高氣寒。其草木皆强幹而豐本，虫鳥之化，亦勁踵氄毳而瞿瞿然迅飛也。以故圓渠之粹，燕爲賢豪，上之人文雅沉鷙而不狃於俗，感時觸事則悲歌慷慨之念生焉。其猶然燕丹遺烈哉！以至閭巷傭販之夫，亦莫不堅悍不屈，硜然以急人爲務，無闒茸呰窳態，此昌黎氏蘇長公，蓋常道之所從來長遠矣。然而風會之趨也，人情之返也，始未嘗不樸茂，而後漸以漓其變，猶江河其流殆益甚焉。大都薄骨肉而重交游，厭老成而尚輕鋭，以晏游爲佳致，以飲博爲本業。家無擔石而飲食、服御擬於巨室，囊若垂罄而典妻鬻子以佞佛進香。甚則遺骸未收，即樹旛疊鼓，崇朝雲集。噫，何心哉！德化凌遲，民風不競，以彼所爲，當令人立朝垂涕，詎可令賈太傅一朝見也？雖然，鎬京聖而雍俗仁，曲阜治而究域化，關中霸而秦人暴，朝歌淫而殷民頑。則今日之燕，〔注一〕其在司世教者率而導之耳。

隋

自古言勇敢者，皆出幽、并，然涿郡自前代以来，多文雅之士。《隋·志》水甘土厚，人多技藝。《地志》

唐

〔注一〕原稿「今」作「令」，據上下文意改。

燕趙多慷慨悲歌之士。韓愈 幽、并之地，其人沉鷙多材力，重許可。杜牧

宋

幽燕之地，自古號多豪杰，名於圖史者，往往而是。蘇軾 勁勇而沉静。燕論 人性寛舒。《輿地記》風俗樸茂，蹈禮義而服聲名。范鎮

民俗

元宵游燈市。元宵日，結燈，貨於東安門外曰燈市。價有至數百金者。是時，商賈輻湊，珠石、羅綺、古今异物，雜沓畢至，冠蓋相屬。男婦交錯，亦一時勝事。

二月熏百蟲。用麵煎餅，熏床炕，令百蟲不生。

三月朝東嶽。城東有古廟，祀東嶽神，規制宏廣，神象壯麗。國朝歲時，敕修編廟户守之。三月二十八日誕辰，民間盛設鼓樂幡幢，群迎以往，行者塞路。廟有神浴盆二，容水數百石，病目洗之愈。

四月賞西湖，登玉泉，耍戒壇，游高梁。西湖去玉泉山不里許，山水佳麗。碧雲、香山二寺，臺

殿相錯，一時游人觀者如雲。戒壇，爲僧人奏建，說法之所。四月初八起，至十五止，游僧畢會，商賈輻湊，山坳水曲，聚集茶蓬酒肆，雜以妓樂，亦太平樂事。高梁橋有娘娘廟。四月八日誕辰，婦人難子者，率往乞靈。傾城士女，携觴作樂，雜坐河間，抵暮而歸。

五月踏青。午日，士人結伴携觴，游天壇松林、高粱橋柳林、滿井，名踏青。

六月觀洗象。初伏，官校用旗鼓迎象，出宣武門，濠內洗濯，觀者如堵。

七月浮巧針。七日，民間女家盛水暴日，令女投小針浮之，視水底日影，散如花，動如雲，細如綫，粗如槌，卜其巧拙。

八月饋中秋。士庶家造月餅相遺。

九月蒸花糕。用麵爲糕，有女者迎歸食之。

十月送寒衣。坊民刻板爲男女衣，飾五色，焚之祖考，曰送寒衣。

十一月敬冬至。至日，具牲祀祖考。治酒稱賀，子孫拜如年禮。

十二月念夜佛。民間男女疾病，許念佛，自

朔至除，每夜執香，沿街念佛，香盡而歸。

冠禮。嫁娶之時，男家爲新婦上髻，女家爲新婿冠巾，先期備禮送其家。

婚禮。合婚得吉，相視留物爲贄，行小茶、大茶禮。娶前一日，婿備物往女家，曰催妝。新婦及門，婿以馬鞍置地，婦跨過，曰平安。婦進房，陰陽家唱催妝詩，撒諸果，曰撒帳。婦家以飲食供送其女，曰做三朝、做單九、做雙九。

喪禮。歛稱家有無，殯不逾時，哀而不文，尚有古意。皆飯僧焚修，動費百千，貧家亦强爲之。殯三日，具祭墓所，曰暖墓，即《禮》虞祭也。

祭禮。士大夫廟祠，如朱文公家禮。民間樸野，唯歲時市阡張焚於道。寒食，持酒肴，哭於墳上。

以上民俗，京國之大都也。視之屬邑，廬巷細事，不無稍殊。然而風氣所囿，則全郡一轍，毋容贅云。

山川

夫帝王之宅，岳瀆融結，王氣鬱葱，顧不信歟！燕山自太行左轉，道雲中而北，流行磅礴，綺合迴互，奠安發祥。帝都皇陵，靈秀萃之矣。渾河、清泉諸脉合流，盪長河而入海也。得無奇乎！蘇秦所謂天府百二之國，杜牧所謂王不得不可以爲王者，非耶。

天壽山，府北百里。千峰聳壁，萬疊分螺，蜿蜒綿亘，如游龍鼓波，變幻萬狀，不可測識。東而白浮神嶺，戟列擁護；西而玉帶幽都，環迴拱揖。兩間秀氣，毓英宣奇，真為億萬載發祥之所。

西山，府西三十里。發脉太行，拱護京邑，層巒積翠，疊嶂環青，梵宇琳宮，無慮千百。春夏之

交，晴雲碧樹，花氣鳥聲。秋則亂葉飄丹，冬則積雪凝素。種種奇致，皆足賞心。帝里大观，莫是爲最。

香山，府西北三十里。有二大石，如香爐、蝦蟆。泉水下注，亦名小清涼。

玉泉山，府西北三十里。有二石洞，一在山西南，水深莫測；一在山之陽，有石崖，刻「玉泉」二字。

金山，府西三十里。

盧師山，府西三十里。隋沙門盧師，能伏二

龍。

平坡山，府西三十里。自香山析而東，開兩腋，陟其上，平原百里，草樹在目。春夏間，晴雨初歇，烟雲變幻，金碧萬狀。前朝建平坡寺。成化間，聖駕幸之，見金剛面黑，笑曰：「此似火裏金剛。」一夕火起，而金剛焚。

覺山，府西三十里。與盧師、平坡鼎峙。有三泉，曰清冷、清旨、薦至。

棋盤山，府西三十餘里。有棋盤石。

五峰山，府西三十餘里。五峰秀峙，宛若列屏，村民占雲氣爲雨候。

韓家山，府西三十六里。有漢韓延壽墓。

雙泉山，府西四十里。上有二泉。

翠峰山，府西五十里。

仰山，府西七十餘里。

筆架山，昌平州城北二十里。三峰并起，迴出諸山。成祖文皇帝玄宮在焉。

鳳凰山，昌平州城南四里。至紅門，兩山相峙如鳳翥。

蟒山，昌平州城東北數里。綿亘如蟒。

虎峪山，昌平州城西北數里。巍聳若虎踞。

照壁山，昌平州城西北十五里。爲陵園南屏。

影山，在昌平州東，山以此爲障。

小金山，昌平州西山口。日午，金光射人。自筆架山、黄花鎮、鳳凰山、居庸關、蘇家口，皆皇陵護翼。有碑，禁人樵采。

柏山，昌平州西北，多産柏。

潭柘山，昌平州西二十里。傍二潭，上有古柘。

西湖山，昌平州西四十里。下有溪潭。

白鐵山，昌平州西北一百二十里。多白石，堅如鐵。

顔老山，昌平州西北一百三十里。

小龍口山，昌平州西北一百三十里。山有兩崖，一在清白口社，一在清水社。有泉入盧溝河。

百花山，昌平州西二百里。多花草，有龍潭。

白浮山，昌平州南十里。有二潭，流白浮村。

玉帶山，昌平東北一十五里。山腰白石若帶。

牛山，昌平州西。有泉，舊傳神牛飲泉而竭。

軍都山，昌平州西北二十里。後漢盧植隱此教授，昭烈微時修弟子禮。

積粟山，昌平州西二十里。有唐太尉朱懷珪墓。

湯峪山，昌平州西北二十五里。有湯泉。

駐蹕山，昌平州西南二十五里。

神嶺山，昌平州東北三十二里。高百餘丈，有龍潭。

湯山，昌平州東南三十八里。有湯泉。

幽都山，昌平州西北，古幽州。

狼山，昌平州西北四十里。東北有古陽夏川。

銀山，昌平州東北六十里。

福山，順義縣南五里。

桃山，順義縣南十五里。〔注一〕

龍山，順義縣南二十里。有龍泉。

牛欄山，順義縣北二十里。

呼奴山，順義縣東北二十五里。漢鄧禹子訓與上谷太守任興屯兵，防匈奴、烏桓。

〔注一〕「桃山，順義縣南十五里。」《讀史方輿紀要》卷十一《北直》記載：「桃山，縣西北三十五里」。志云：「桃山在縣南十五里。恐誤。」又《日下舊聞考》卷一百三十八《京畿·順義縣》亦持此說。

紅螺山，懷柔縣北二十里，高二百餘仞，潭中有二螺山，殷紅吐光。

黍谷山，懷柔縣東四十里。跨密雲界。劉向云：「燕有谷地，美而寒，不生黍稷。鄒衍吹律以温其氣。」衍廟臺猶存。

密雲山，密雲縣南十五里。昔燕趙伏兵，大獲遼衆。

白檀山，密雲縣南二十五里。山之陽有白檀樹。魏曹操歷白檀，破烏丸於柳城。

隗山，密雲縣南三十里。下即密雲故縣。

香陘山，密雲縣東北。産藁本香。

清都山，密雲縣東北五十里。

聖水山，密雲縣南十里。有龍女廟，山泉環流，塔名聖水。

觀鷄山，密雲縣東北一百里。有祥光如霧，多奇花，又名萬花臺。

冶山，密雲縣東北八里。有磚塔，冶山院傍有石洞，深不可測。傳有冶仙居之，時放仙燈。東有王府洞，出金礦。

龍門山，密雲縣東六十里。有聖泉庵、黄崖

〔注一〕「儼」原本脱，《日下舊聞考》卷十三《京畿·房山二》載：「石經山，峰巒秀拔，儼若天竺。」據補。

洞。泉突出如瀑布，聲如雷，時吐雲氣。洞有石燈臺、石獅子。

孤山，通州城東四十里。四面平曠，一峰挺秀。

靈山，三河縣北十五里。泉清可愛。

華山，三河縣北四十里。出花班石。

鳳凰山，三河縣西北五十里。

獨鹿山，獨即濁。濁、涿聲相近，即涿鹿山，涿州城西十五里，有鹿鳴澤。服虔注：漢武元封四年，祠雍五時由回中北出朝那、蕭關，歷獨鹿鳴澤。

石虎山，涿州城西五十里。有二石，狀如虎。

鐵柱山，涿州城西。禹治水始於冀，以鐵柱維舟。

大房山，涿州城西十五里。山最雄秀，乃幽燕奥室，故云大房。有聖水泉、伏龍穴、龍峪峪。

石經山，房山縣西南五十里。峰巒秀拔，儼若天竺。〔注一〕

三峰山，房山縣西北五十里。三峰并矗，高插晴昊。

穀積山，房山縣西北五十里。峰巒突起如積穀，下有三學洞，石室深邃。

大安山，房山縣北八十里。有大安館，五代幽州節度使劉仁恭建。

白帶山，房山縣西南七十里。有玉室洞天，漢張良微時隱此。

馬鞍山，房山縣北六十里。有龐涓洞。

南山，霸州城東七十里。喬松修竹，周匝數里，有亭臺，爲一郡之勝。

崆峒山，薊州城東北五里。黄帝問道於此。

螺山，薊州城南五里。《魏志》：「漁陽有螺山。」

盤山，薊州城西北二十五里。數峰陡絶，大石摇之輒動。一龍潭，禱雨多應。

漁山，薊州城西北三里。高百餘丈，古漁陽。

桃花山，薊州城西南六十里。

甘泉山，薊州城西北七十里。泉極甘。

燕山，薊州城東南。自太行山而東，延袤數千里，直抵海岸，乃華夷界限。

明月山，遵化縣西南十三里。高百餘仞，有

石穴，南透於北，望之若明月。

清風山，遵化縣南二十里。高二百餘仞。

五峰山，遵化縣東北二十五里。東快目，南瑞雲，西經翠，北虎岩，中紫蓋。

磨臺山，遵化縣南四十里。高聳，圓如磨臺，中有蓮花池。王寂云：「有龜負鏡出池中。」

靈靈山，遵化縣東南六十里。高九百餘仞。

釣魚山，遵化縣南十里。

夾山，遵化縣西南二十五里。

三臺山，遵化縣東北七十里。

關山，遵化縣西北三十里。山近邊防。

葡萄山，遵化縣東南三十里。多葡萄。

崖兒口山，豐潤縣東北八十里。衆峰連亘，東斷爲崖兒口，水自崖出。

腰帶山，豐潤縣東八十里。石崖繞山畔如帶。

偏崖山，豐潤縣大嶺山西南。東峻西低，高數百仞。

朝月山，豐潤縣東八十里。兩峰特起，狀如偃月。

馬頭山，豐潤縣東北四十五里。數峰馳驟，一峰昂若馬首。

党峪山，豐潤縣北五十里。

陳宮山，豐潤縣北七十里。東西縈迴數十里，有峰蒼翠，名華山。

鴉鶻山，豐潤縣西北二十里。峰巒秀拔，高數百仞，有孟家洞。

靈應山，豐潤縣西北四十里。懸崖壁立，泉潰流。〔注一〕有攻書室、靈應洞。

車軸山，豐潤縣南二十里。孤圓而高，若卧

轂，有無梁閣。

漁子山，平谷縣東北十五里。傳爲軒轅黃帝陵，有軒轅廟。

瑞屏山，平谷縣北二十里。峰列如屏。

妙峰山，平谷縣東北二十五里。峰巒秀拔，有九姑泉。

碣山，平谷縣東五十里。峰巒峭峻，林谷深邃。

泉水山，平谷縣南八里。泉流入河，民賴灌田。

〔注一〕「泉潰流」，《日下舊聞考》卷一四四《京畿附編》引《讀史方輿紀要》：「岩畔有泉歕流而下。」據此，「潰」似爲「歕」之訛。

〔注一〕原稿「盧」誤爲「蘆」。

徐無山，玉田縣東北二十里。後漢田疇避難於此。出不灰木、生火石。

無終山，玉田縣東北三十里。古終子國。《搜神記》：陽雍伯性孝，父母没，葬此。遼東白仲理隱焉。

小泉山，玉田縣東北二十五里。泉出石罅，合孟家泉，入白龍江。

麻山，玉田縣北十五里。與傍山相連。

傍山，玉田縣西北二十五里。回崖壁立，突兀嵯峨，有堡，以避虜患。

石鼓山，玉田縣西北二十里。唐太宗東征高麗，聚兵擊石如鼓。

石硼山，玉田縣西三十里。泉出石竇。

分水嶺，宛平縣西四十餘里。山勢廣闊，諸水分而爲二：一入盧溝，〔注一〕一入房山。

十八盤嶺，宛平縣西北八十里。山縈曲十八折。

青山嶺，宛平縣西一百餘里。山谷幽邃，下臨清泉。

摘星嶺，宛平縣西二百餘里。高聳雲霄，僅

通一徑。

九莊嶺，密雲縣北三十里。《水經》云：「鮑丘水逕九莊嶺。」

卧龍岡，宛平縣西北四十五里。石堅白，蜿蜒如卧龍。正統間駕幸此。

遼石岡，良鄉縣治東。

呂公岩，玉泉山半。岩廣丈餘，深倍之。相傳純陽先生往來處。

彈琴峽，居庸關中。水流石罅，聲若琴。

石窟崖，府西北百十里。有石窟。

菩薩崖，府西北百二十里。有三石佛。

孔水洞，房山縣東北。縣崖千尺，石竇如門，水深不可測，有白龍出游。樵牧往往聞絲竹音。有人乘桴窮源，五六日無所抵。惟仙鼠晝飛，頗鱗游泳已。開元間，旱，以金龍、玉璧禱之應。金大和中，見桃花浮出。

石經洞，房山縣石經山東。隋大業中，法師知苑居此，願刻石經一藏。唐貞觀中，了《涅槃經》而苑化。其徒相繼，歷遼、金始卒業。貯洞者七，貯穴者二。洞則鍵以石，穴則鎮以浮圖。

洪武間，遣僧道衍来觀，留詩而去。

桃花峪，宛平縣西四十里，介乎翠峰、遮風二嶺間。多花卉。

賈島峪，房山縣西十五里。一庵即島所居。

龍穴峪，房山縣西南二十五里。

峨嵋峪，房山縣西十五里。形如峨眉。

挂甲峪，密雲縣東北。宋楊延朗北征，挂甲於此。

石盆峪，密雲縣東北五十里。龍潭如石盆，百步許，水深無底。東南石門，龍時見，禱雨輒應。

海子，宛平縣西三里，名積水潭。西北諸泉入都城，匯於此，汪洋如海。

西湖，宛平縣南三十里，玉泉山下。清泉澎湃，瀦爲湖波。十里菰蒲，一泓羅瀫，凉風鵝鸛，明月芰荷，山色水聲，令人神往。

太湖，宛平縣西四十餘里。〔注一〕廣袤十數畝，一泉涌出，經冬不凍，東流洗馬溝。〔注二〕

玉河，大興縣東。源出玉泉山，流入大内，出都城，注入通河。

〔注一〕「太湖，宛平縣西四十餘里」，《大明一統志》卷之一《京師·順天府》作「太湖在府西南四十五里。」

〔注二〕「東」，原本脱，據《大明一統志》卷之一《京師·順天府》補。

大通河，大興縣南。自玉河而出，繞都城，經大通橋，入白河。

盧溝河，〔注二〕宛平縣南二十里。長橋卧虹，洪濤吐鯨。若疾雷奔馬，不可測識。曉風明月，一碧波光，奇致賞心，能無駐焉。詳具固安河下。

清水河，宛平縣西百十里大臺村，入渾河。

清河，自昌平州東南一畝泉，經燕丹村，合榆河。

官河，出昌平州一畝泉，分爲二，一官河，流入宛平，合高梁河；一雙塔河，經雙塔店，入榆河。

榆河，自昌平州南月兒灣，一名温渝河，爲沙河，經順義，會白河。

黄花鎮川河，自塞外流入黄花鎮，經昌平，至懷柔，入白河。

高梁河，《水經》：出自并州，黄河别源。東經昌平州沙澗東南高梁店，入海子。宋太宗伐遼，與遼將耶律沙戰高梁河。

濕餘河，昌平州東南六十里。出軍都山，折而東，入潞河。

白河，自密雲南至牛欄山，與潮河合，至通州，入直沽。

琉璃河，良鄉縣南四十里。即古聖水。自房山龍泉峪流至霸州，入拒馬河。

龍泉河，自房山縣大安山流入琉璃河。

易水，在固安縣。此所謂燕丹送荊卿悲歌處也。至今過其地，尚能使人怒髮上指。悲夫，秦馬□角燕不血食。議者以輕用其術，滅亡人國，歸咎於軻。是耶非耶？

渾河，固安縣西二十里。乃黃河伏流，至桑乾山發源，東經上谷及蔚州黑龍潭，奔流澎湃，勢如殷雷。東過土木，復折而南，入太行山。經宛平入盧溝水，至看丹口，分而爲二：其一至通州，入白河；其一入小直沽，與衛河合，流入海。國朝正德間，堤防潰決，禾黍之場，悉爲巨浸。嘉靖初，徙縣北十里，經永清入海。然時雨浹旬，輒復衝決，洪濤鼓波，有若激矢，民其魚乎！所當爲桑土之思者，良有司責也。

拒馬河，永清縣南。流入三角淀。《水經》：拒馬出代郡淶山。晉劉琨守此拒石勒。

扳罾口河，香河縣西，流入白河。〔注一〕

泃河，自平谷縣經三河北，至寶坻。漢臨泃縣，以此名。

鮑丘河，《水經》：自禦夷北塞，經九莊嶺、密雲城南，合溪水，至通州米莊村，合沽水，入泃河。

泇河，自密雲縣石峨山，經三河、平谷故城，入泃河。

七渡河，一名黃頒水。自黃頒峪流入白河。

新河，漷縣西。自盧溝分流，析而爲三：一入白河，一爲新莊河，一爲黃漚河。

潮河，寶坻縣東。一名白龍港。自梨河、泃河、鮑丘河，至三叉口合流，爲糧河。

胡良河，自房山，經涿州，入琉璃河。

挾河，房山縣東南。出中浣谷，至涿州，與胡良河合。

沙河，霸州城南。與塘河合。《寰宇記》：爲五渠水，又爲長鳴水。後魏孫願捕魚於此。

巨馬河，霸州北。自盧溝河流合界河，今徙流州南，會霸水河。

〔注一〕「扳罾口河，香河縣西，流入白河」，《日下舊聞考》卷一一八《京畿·香河縣》載：「扳罾口河，源自通州之孤山麓，流經縣西，入於白河。」

玉帶河，保定縣北。入會通河。

黄叉河，大城縣東北八十里。自交河流入三角淀。

磁河，自安州聚九州水，至雄縣，爲元濟河，至保定縣，爲磁河，入直沽。

金泉河，薊州城北。泉流爲馬申河。

龍池河，薊州城南，一名漁水。自盧兒嶺口流入，〔注一〕合梨河，入白龍港。

五里河，遵化縣北五里。源自流坡峪，合沽河，〔注二〕入白龍港。

梨河，遵化縣西南，出灤陽，入陽池河。

韓城鎮河，豐潤縣。自鎮北西流入漫河。

周村河，平谷縣西。與馬莊河、獨樂河、小碾河、邦泰河會入泃河。

沽水，一西潞水，一東潞水。《水經》：自塞外黄花嶺，合九泉水，南經安樂故城，與螺山水合，爲東潞河；南經狐奴故城，與鮑丘水合，爲西潞河。

芹城水，自昌平州芹城下，至藺溝，入榆河。

鹽溝水，良鄉縣南。自龍門口東南，與廣陽

〔注一〕「自盧兒嶺口流入」，原本訛「兒」爲「鬼」，脱「口」、「入」，義不明。《日下舊聞考》卷一一七《京畿·薊州四》引《讀史方輿紀要》載：「源自州北盧兒嶺口流入。」據以改、補。

〔注二〕「源自流坡峪，合沽河」，《日下舊聞考》卷一四三《京畿附編·遵化州》引《名勝志》載：「源自片石谷口，流坡谷間數里，始合沽河。」

水合。

廣陽水，房山縣壯公村。經廣陽故城，與鹽溝水合，入桑乾河。

要水，亦名清水。自關外三川經密雲，入潮河。後魏密雲郡領要陽縣以此。

廣岈水，密雲縣東北。自岈山東流入潮河。

唐水，平谷縣東南十里，出徐無山。

涿水，自上谷涿鹿山入挾河。

范水，涿州城西南。魏置范陽郡。

霸水，霸州城南三里。流白溝河，合拒馬水。

浭水，豐潤縣。自崖兒口，過玉田鴉鴻橋，入梁河，至草頭湖。

藍水，玉田縣西北二十里。出三樂臺山石間。澄渟可愛，色如藍。

沙谷水，出徐無山，與黑牛谷合唐水。

百泉溪，宛平縣西南一十里。麗澤關十餘冗泉匯而成溪，入柳林河。

道人溪，密雲縣東北石盤峪。源發龍山，入潮河。

小溪，宛平縣西北二百餘里。發源清水，由

桑峪青白口村歸渾河。

龍潭，盧師山潭，廣丈許，巨石覆之，深不可測，大青、小青二龍潛此。出則雲氣隨之，禱雨輒應。

立廟潭。

洗馬潭，涿州城西。張桓侯洗馬處。

文安潭，文安縣北十五里。

玉淵潭，宛平縣西十里。元人丁氏故池，柳堤環抱，景蕭爽，沙禽水鳥，翔集其間。

金盞兒淀，在通州。廣袤三頃，水中有花似金盞。

延芳淀，漷縣西。廣數百畝，多芰荷鷘雁。

三角淀，武清縣南。周迴二百餘里，古之雍奴。《水經》：雍奴者，藪澤名。四面有水曰雍，不流曰奴。自范甕口、王家陀河、劉道口、魚兒里諸水所聚，會大沽港。

高橋淀，霸州城東七十里。周迴三十里，乃栲栳圈流聚，入柳叉河，會堂二淀。

火燒淀，文安縣東二十五里。聚石溝河、折河、急河三水，入衛河。

直沽，武清縣東南。衛河、白河、丁字沽，合流於此。

駱駝港，香河縣北八里。自三河縣兔兒山入白河。

清沽港，武清縣南八十里。接安沽港，合丁字沽。

七里泊，在碾莊。自昌平州至宛平高梁河。

燕家泊，宛平縣西北二十五里。入丁家潭。

飛放泊，大興縣東南北城店，有廣埃莊飛放泊。

金井，大興縣南魏村社。永樂間，駐蹕於此，飲而甘之，遂命甃焉。

義井，宛平縣西南二十五里。

龍泉井，平谷縣東南十里。永樂間，駐蹕於此。

玉泉，宛平西三十里。泉出螭口，潺湲窣峪，中奔遁揚突，有驚濤倒峽勢，鳴聲咿許，下注石池，浮藻子魚，清碧如鏡。

卓錫泉，宛平縣西三十里。碧雲寺後。

虎眼泉，昌平州舊縣城下。流豐善村，入榆河。

一畝泉，昌平州西南新屯。廣一畝。

冷水泉，昌平州西南。泉極冷。

沙澗泉，昌平州西南三十里。

抱榆泉，昌平州西南四十五里。有石榆。

龍谷泉，良鄉縣西北。極甘。

杖引泉，房山縣西南六十里。泉涌出，匯成溪，入胡良河。

湯泉，遵化縣福泉寺山下。約半畝，泉温可浴。

光沙泉，玉田縣南。溪澗中泉，涌沙若飛雪，人取以攻玉。

九龍池，天壽山西南。泉出九穴，鑿石爲龍，水從吻出。瀦而爲池，以備臨幸。

魚藻池，宣武門外西南。

玉蓮池，玉華山上。

月池，涿州城西南一十五里。廣三頃餘，形如月。

洗馬溝，宛平縣西南四十五里。流薊南太湖。光武北巡，洗馬於此。

南涉溝、北涉溝，俱良鄉縣東。經涿州，流入桃水。

岐溝，涿州城西南四十里。宋設關備金。

白浮堰，昌平州東南十五里。起白浮村，至青龍橋，延袤五十餘里。元郭守敬所築。

車箱渠，薊州城西北。自遵化，抵昌平。

督亢陂，涿州東南。地沃美。秦求之，燕太子丹使荆軻齎圖以進。

張家灣，通州城南。即白河下流。元萬户張居。

百家灣，香河縣北。水無源，四時不竭。昔居人百家淪没風雨，昏晦尚聞鷄犬聲。

龍灣，香河縣南四十里爲大龍灣，南爲小龍灣，一水夏秋合流，經寶坻入七里海。

古迹

余登黄金臺，懷霸國之風也。遺址故墟，猶有存者。曩者過易水之濱，風蕭水寒，烟雲草樹，森然在目，心竊悲之，輒裴回而不能去。求其所謂督亢之地，與夫太子丹之遺迹，無有也。夫王室不兢，黍離興悲，人之云亡，秋露增感。廢興之念，今昔不殊，况其他者乎？古迹之存，蓋志慨也。

石鼓，在國子監文廟戟門内。周宣王獵碣凡十，辭類風雅，字皆籀文，大尺餘，高三尺，形似鼓，在陳倉野中。唐鄭餘慶遷鳳翔學，亡其一。皇祐傅師永得之，十鼓乃足。大觀中，徙開封闢雍。靖康末，金人歸燕，置大興府。元皇慶初，移置今所。韓愈、蘇軾有《石鼓歌》。

柴市，宋丞相文天祥就義處，在府學大街。公以宋室孤臣，坐小樓三歲，足不履地。天不祚宋，竟殞柴市之墟。嗟嗟，成仁取義，百世如生，柴市黃埃，忠魂未泯。志士吊古，能不撫膺。

古銅人，太醫院署。相傳海潮中出者，虛中注水，關竅畢通，古色蒼碧，瑩然射目。

簡儀，瞻象臺，耶律楚材製。推步考索，不失銖黍，天巧鬼工，追稱絶技。

古墨齋，宛平縣廨隙地。尹李蔭爲小齋，得唐李邕書《雲麾將軍墨碑》，甃之齋壁。

黃金臺，府東南十六里。夫燕昭好士，黃金市駿，天下士莫不倒蓰而至者。樂毅自魏往，鄒衍自齊往，劇辛自趙往。國用富强，豈妄也哉？

甚矣，賢才之有，益於人國也。

釣魚臺，府西花園村。臺下泉涌出，匯爲池水，至冬不竭。金人王鬱作臺池上。

銅馬門，燕城東南，即薊城門。昔慕容雋得奇馬，鑄銅像之，因名。

舊燕城，府西南。《遼史》：晋高祖以遼援立功，割幽十六州獻，太宗以爲燕京，有八門：東安東、迎春，南開陽、丹鳳，西顯西、清晋，北通天、拱辰。

閭城，府西南三十五里。有二石獸。

薊丘，舊薊門。樓館并廢，二土阜，林木蓊鬱。

滿井，大興縣北十里。水接古濠，飛泉突出，冬夏不竭。井傍蒼藤豐草，掩映小亭，游人探爲奇勝。

迴城，薊縣東。唐遷營州於薊，今大興縣。

百花陀，府西一百二十里王平口。四圍皆山，平川數十畝，產杉、漆、藥草。春夏間，紅氣爛熳，香氣襲人。

薊門石鼓，燕山有石如鼓，石梁貫之，石人援桴若擊。
石經碑，府西南山洞。石刻經文多毀踣，惟《般若序品》存。
張華宅，蘆河橋北岸。
憫忠閣，府西南十五里。唐太宗征遼，憫忠義士，建此薦福。
崇文閣，在國子監。元建，今彝倫堂址。
中心閣，府西。元建，閣東碑刻中心臺。
萬柳堂，府南。元廉希憲鑿池種蓮，築堤植柳，與盧摯、趙孟頫讌集。

遂初堂，府南。元張九思別業，花竹、水石，甲於都城。
婆娑亭，府西南彰義門内。元詞客馬文友別墅。
匏瓜亭，府南十里。多野趣。元趙參謀別墅。
玩芳亭，府南。元人別墅。
張華墓，大興縣南迴城之東。
竇禹鈞墓，府西二十里。
耶律楚材墓，府西北二十里。楚材，遼裔，仕元爲中書令，謚文正。墓東有祠像尚存。

星吉墓，府西北。吉，元江西省平章。時盜起，招義兵克復，兵少受擒，罵賊而死。子昌，歸骨葬此。宋濂撰碑。

金馬洞，府西齋堂村。有洞，人汲水，見金馬，逐之入村，熏二晝夜，惟洞北烟出。

丹井，香山寺。傳葛稚川煉丹所。

孫臏洞，戒壇西南。

張良洞，府西王平口。

摔龍石，府西泥窩村。傳瑞雲寺内有龍出，

佛逐之，摔石上。

張仙洞，府西二百里。洞深，泉清冽。張仙煉丹所。

八角龍池，府西桑峪村。石生八角若池，傳産龍所。

石臼，府西史家營。大山峻峭，有石如臼。傳仙人隱所。臼産米，日取不竭。寺僧憚險阻，鑿穴通之，穴成而米不至。

謊糧臺，大興縣東朝陽關六里許。唐太宗東征高麗，屯兵於此。虛設囷倉，以疑敵人。

軍都城，昌平州東南。漢舊縣。

芹城，昌平州東北。

廣陽城，良鄉縣東。漢舊縣。

樂毅臺，良鄉縣南三里。

金溝館，密雲縣東北。王曾上契丹事，自順州至檀州，漸入山五十里，至金溝館，川原平曠，謂之金溝淀。

共城，密雲縣東北五十里。《括地志》：故共城在檀州，舜流共工於幽州。〔注一〕

漁陽城，密雲縣西南。秦發閭左，戍漁陽。

安樂城，密雲縣東北五十里。後魏置安樂郡。

看花臺，懷柔縣北二十里。遼蕭后避暑，登臺看花。

臨鄉，固安縣故城，後省。周惠王與燕臨樂。

武陽城，固安縣西北，燕昭王所築。

陽鄉城，府西南。漢舊縣。

韓侯城，固安縣南。今韓寨營。

雀臺，固安縣西南十八里。李牧將臺。

安次城，東安縣西北。漢舊縣。

〔注一〕「共城」，唐李泰等著《括地志·檀州·燕樂縣》條作「冀城」，其原文爲「故冀城在檀州燕樂縣界，故老傳云舜流共工幽州居此城」。

石梁城，東安縣東南。唐武德門，移安次縣治於石梁城。

常道城，東安縣西北。魏文帝封宇文英常道鄉公。

劉琨墓，東安縣東二十里樓桑村。晋幽州刺史段匹磾推琨爲盟主，討石勒，爲匹磾所害，葬此。

平谷城，通州北。漢舊縣，屬漁陽。

通潞亭，通州城東南。王莽置。

將臺，通州城西二十五里。本朝中山武寧王徐達建。

長城岡，通州城北三里。傳秦蒙恬所築長城遺址。

明道堂，三河縣學。金建。

泉州城，武清縣四十里。漢置泉州縣，屬漁陽。

晾鷹臺，漷縣西南二十五里。金人獵處，上有碑。

崔氏園亭，漷縣南小安村。邑人崔禮仕爲四鄉教諭，隱此。

張廠墓，瀃縣南五里。漢張京兆墓。

得仁務陵，晾鷹臺東。三冢相望，有臺隆起，古洞深邃，人以燭行里許，見火熒，然什物俱備，擲以磚，金鏃四發，懼而止。

梁城，寶坻縣東南。傳五代劉仁恭築。

秦城，寶坻縣十里。唐李世民征幽州，駐軍。

樓桑村，涿州十五里。漢昭烈故居，有桑如車蓋。人异之，號樓桑。

督亢亭，司馬氏載燕世家，太子丹獻督亢國於秦，荆卿計窮，竟以亡國。今其坡及亭故在也。〔注一〕覽物興懷，感慨繫之矣。士人指其處，尚多古瓦礫、金錢，不虛也。址在淶州。

西鄉城，涿州西北。漢舊縣。

展臺，涿州西南。傳燕昭王展禮處。

華陽臺，涿州城燕丹與樊將軍置酒華陽館，出美人、奇馬。

盧植墓，涿州治東。葬漢侍中盧植。

袁天罡墓，涿州東北浮落岡。

孫臏墓，房山縣上樂村。墓碑尚存。

賈島墓，房山縣南十里。碑存。

〔注一〕「坡」，疑爲「陂」之訛。《日下舊聞考》卷一二八《京畿·涿州二》有「督亢陂」。

坼城，霸州東。傳宋楊延朗屯兵拒契丹。

信安城，霸州城東淤口關。五代立寨，宋升信安軍。

平曲城，霸州東。漢景帝封公孫渾耶爲平曲侯。

狼城，信安城三十里。

引馬洞，楊延朗所治。虜至，潜師，多獲。

三権場，宋端拱二年，詔雄霸安肅軍置三権場。

古南關城，霸州。趙武靈王築。

益津書院，霸州南宫家莊。元官君棋建，學士王縉記。

廣陵城，文安縣西北。宋守益津關，於此積糧。

王右軍祠，大城縣西王相村。

麒麟窪，大城縣北里許。耕牛産麟。

仙人洞，大城縣南。昔年洞開，人入，深不敢窮。

孝順窪，大城縣西。傳唐太宗征高麗，萬馬飲此。

博陸城，薊州。漢封大司馬霍光爲博陸侯。

雄武城，薊州。杜詩：「禄山北築雄武城。」

北平城，薊州。漢將軍李廣出獵，暮遇石謂虎，射之，没羽。

竇氏莊，薊州城東。五代周諫議大夫竇禹鈞故居。莊南建義塾，聚書數千卷，以延師儒。貧士賴之，顯貴接踵。

種玉田，玉田縣東北。漢陽雍伯作義漿飲行者三年，异人遺以石子，曰：「種此生玉。」北平徐氏女，雍伯求之，徐欲得白璧乃可。伯以璧五雙媾之，遂得妻。

田疇宅，玉田縣東北徐無山。漢末，田疇隱居處。

燕昭王墓，玉田縣西北四十里無終山之上。

淳于髠墓，玉田縣治南。

姜將軍墓，唐山之麓。將軍仕唐。清泰間，鎮榆關，碣石有水曰唐溪，時蛟龍爲害，民苦之，將軍斬蛟溪上，民思其功，建廟溪側。

商鼎，在豐潤縣。弘治間，得土中，約五百斤，三足，牛首牛蹄，篆莫能辯。

望馬臺，豐潤縣西，有神馬飲潭。唐敬德築臺以望，遂計得之。

花園村，豐潤縣東二十里。傳趙武靈王花園。故址尚存。

令公村，豐潤縣西。宋楊業善戰，屯兵拒遼，民賴以安。後與耶律斜軫戰，敗績，死之。民祠於古北口。

石門，遵化縣西北。山峽嶄絶。漢漁陽太守張純叛，靈帝遣中郎將孟溢討於石門。

馬成墓，平谷縣東二里。

葆真太師墓，平谷縣北二十里。有碑。

順天府志卷之一終